# 크리스마스 캐럴

WORK BOOK

1. 책에 나오는 단어를 알아보아요. 단어와 뜻을 연결해 보세요.

|  |  |
| --- | --- |
| **안락의자** | 무덤 앞에 세우는 비석. 죽은 사람의 신분, 성명, 행적, 자손, 출생일, 사망일 따위를 새긴다. |
| **민스파이** | 스무 번까지 질문을 하면서 문제의 답을 알아맞히는 놀이. |
| **스무고개** | 영국에서 크리스마스에 먹는 디저트로, 과일과 향신료로 만든 재료를 반죽에 넣고 굽는 요리이다. |
| **묘비** | 팔걸이가 있고 앉는 자리를 푹신하게 하여 편안하게 기대어 앉도록 만든 의자. |

2. 오른쪽 글을 읽고 《크리스마스 캐럴》의 이야기 흐름 순서대로 숫자를 적어 보아요.

|  |  |
|---|---|
| 1 | 에비니저 스크루지는 크리스마스를 싫어하는 욕심 많은 사람이에요. |
| | 두 번째 유령은 밥 크래칫의 가족이 가난하지만 행복하게 크리스마스를 보내는 모습, 프레드가 사람들과 즐거운 크리스마스를 보내는 모습을 보여 주었어요. |
| | 스크루지는 크리스마스 당일, 잠에서 깼어요. 그리고 주변 사람들과 행복한 크리스마스를 보내지요. |
| | 첫 번째 유령은 스크루지를 과거로 데려가, 돈만 생각하느라 잊고 있었던 사람들을 보여 줬어요. |
| | 크리스마스이브에 스크루지는 동업자였던 말리의 유령을 보았어요. 말리는 세 명의 유령이 찾아올 거라고 알려 주었지요. |
| | 세 번째 유령은 스크루지가 죽었으나 아무도 슬퍼하지 않는 미래의 모습을 보여 주었어요. 스크루지는 너무 무섭고 후회됐어요. |
| 7 | 스크루지는 변했어요. 구두쇠 스크루지는 이제 없어요. 스크루지는 주변 사람들에게 좋은 친구, 좋은 사장, 좋은 사람이 되었어요. |

★ 정답은 7쪽에 있습니다.

3. 말풍선을 이용한 만화를 그려 이야기를 다시 들려주세요!

4. 《크리스마스 캐럴》의 내용을 자세히 살펴보고 질문에 대답해 보아요.

**01** 스크루지와 말리는 무슨 관계인가요?

① 삼촌과 조카 ② 동업자 ③ 사장과 직원

**02** 프레드는 왜 크리스마스이브 날 스크루지를 찾아갔나요?

---

**03** 말리의 쇠사슬에는 무엇이 매달려 있었나요?

---

**04** 스크루지는 누구에게서 사업을 배웠나요?

① 제이콥 말리 ② 리처드 윌킨스 ③ 페지위크

**05** 4번 정답의 사람과 스크루지는 어떤 점이 달랐나요?

---

---

**06** 현재의 크리스마스 유령은 어떻게 생겼나요?

---

**07** 세 유령을 만난 뒤 스크루지는 어떻게 달라졌나요?

---

---

★ 정답은 8쪽에 있습니다.

5. 스크루지는 세 유령을 만난 뒤 완전히 다른 크리스마스를 보냈습니다.
스크루지가 되었다고 생각하고 그날의 일기를 적어 보세요.

1. 책에 나오는 단어를 알아보아요. 단어와 뜻을 연결해 보세요.

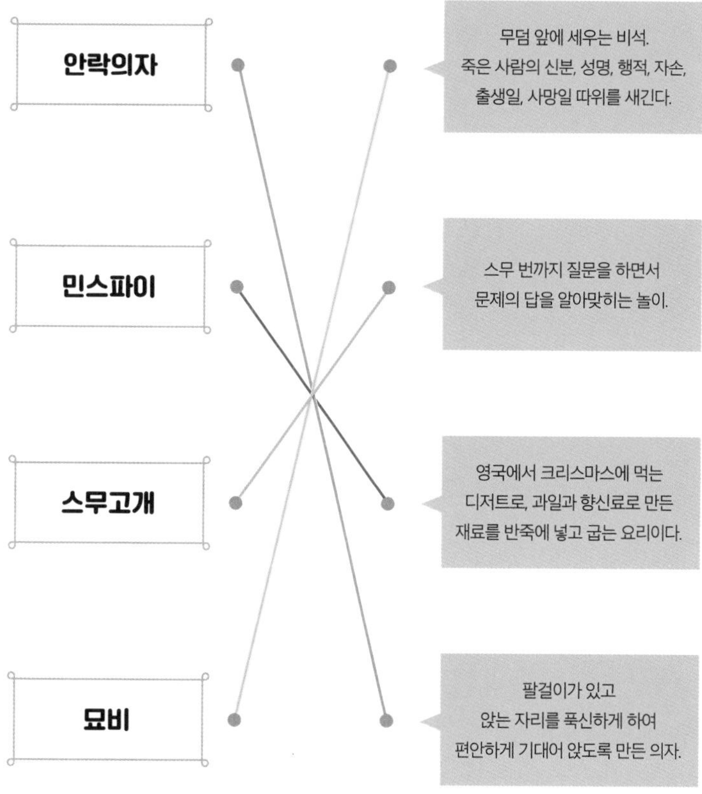


2. 오른쪽 글을 읽고 《크리스마스 캐럴》의 이야기 흐름 순서대로 숫자를 적어 보아요.

| 1 | 4 | 6 | 3 | 2 | 5 | 7 |
|---|---|---|---|---|---|---|

4. 《크리스마스 캐럴》의 내용을 자세히 살펴보고 질문에 대답해 보아요.

**01 스크루지와 말리는 무슨 관계인가요?**

답: ② 동업자.

**02 프레드는 왜 크리스마스이브 날 스크루지를 찾아갔나요?**

답: 스크루지에게 크리스마스 날을 함께 보내자고 말하려고.

**03 말리의 쇠사슬에는 무엇이 매달려 있었나요?**

답: 금고, 열쇠, 자물쇠, 회계 장부, 무거운 강철 지갑.

**04 스크루지는 누구에게서 사업을 배웠나요?**

답: ③ 페지위크.

**05 4번 정답의 사람과 스크루지는 어떤 점이 달랐나요?**

답: 페지위크 씨는 늘 밝고 너그러웠으며 이웃들, 가족들과 함께 행복한 크리스마스를 보냈지만,
스크루지는 인색하고 심술궂으며 크리스마스를 싫어했다.

**06 현재의 크리스마스 유령은 어떻게 생겼나요?**

답: 곱슬곱슬한 머리카락, 덥수룩한 수염, 짙은 눈썹, 커다란 덩치.

**07 세 유령을 만난 뒤 스크루지는 어떻게 달라졌나요?**

답: 프레드와 즐거운 크리스마스를 보냈다. 밥 크래칫의 월급을 올려 주고,
촛불만 켜 놓고 일하던 추운 사무실에 불을 지펴 따뜻하게 만들었다.
밥 크래칫의 가족들과 친구가 되었고 타이니 팀의 두 번째 아빠가 되어 주었다.

# 두 도시 이야기

WORK BOOK

1. 책에 나오는 단어를 알아보아요. 단어와 뜻을 연결해 보세요.

| 단어 | 뜻 |
| --- | --- |
| 선술집 | 한 국가나 단체의 비밀이나 상황을 몰래 알아내어 경쟁 또는 대립 관계에 있는 국가나 단체에 제공하는 사람. |
| 후견인 | 평론하거나 평가하여 결정함. 또는 그런 내용. |
| 스파이 | 고소를 당하여 형사 재판을 받는 사람. |
| 피고인 | 선 채로 간단하게 술을 마실 수 있는 술집. |
| 평결 | 능력이 부족한 사람이나 보호자가 없는 어린아이의 뒤를 돌보아 주는 사람. |

2. 오른쪽 글을 읽고 《두 도시 이야기》의 이야기 흐름 순서대로 숫자를 적어 보아요.

|  |  |
|---|---|
| 1 | 마네트 박사는 18년 동안의 억울한 옥살이 끝에 감옥에서 풀려나 드파르주 부부의 선술집 건물에서 살게 되었어요. |
|  | 한편, 파리에서는 혁명이 일어났어요. 분노한 사람들은 급기야 죄 없는 사람들까지 마구잡이로 해치기 시작했어요. |
|  | 마네트 박사는 딸 루시를 다시 만나 영국으로 가는 배를 탔어요. 그곳에서 만난 찰스 다네이는 그들에게 친절을 베풀었어요. |
|  | 찰스 다네이와 꼭 닮은 시드니 카턴의 도움으로 찰스의 무죄가 인정되었어요. 그렇게 두 사람은 친구가 되었고, 찰스와 루시의 사랑은 깊어져 갔어요. |
|  | 생 에브레몽드 가문이라는 이유로 찰스는 단두대에서 처형당해야 했어요. 시드니 카턴이 감옥에 찾아와 자신이 찰스 다네이인 척하며 진짜 찰스를 바깥으로 내보내지요. |
|  | 4년 후, 루시와 마네트 박사는 스파이로 의심 받는 찰스 다네이의 재판에 증인으로 참석했어요. |
|  | 찰스는 죄 없는 하인이 죽을 위험에 처하자 그를 돕기 위해 파리로 향했어요. 프랑스에 도착하자마자 찰스는 꼼짝없이 잡히고 말았지요. |
| 8 | 찰스는 또다시 시드니 카턴 덕분에 목숨을 구하게 되었어요. 찰스와 루시는 시드니 카턴에게 감사하는 의미로 태어난 아들의 이름을 시드니라고 지었어요. |

★ 정답은 15쪽에 있습니다.

3. 말풍선을 이용한 만화를 그려 이야기를 다시 들려주세요!

4. 《두 도시 이야기》의 내용을 자세히 살펴보고 질문에 대답해 보아요.

01 마네트 박사는 감옥에서 어떤 기술을 익혔나요?

02 런던의 법정은 뭐라고 불리나요?

03 스파이로 몰려 감옥에 가게 된 찰스 다네이를 구한 사람은 누구인가요?

04 파리의 불쌍한 사람들이 공격한 감옥은 어디인가요?

05 마네트 박사는 왜 감옥에 갇혔나요?

06 마네트 박사가 갇혀 있던 감옥은 정확히 몇 호인가요?

07 찰스 다네이는 왜 파리로 돌아갔나요?

08 시드니는 감옥에 있는 찰스를 구출하기 위해 어떻게 했나요?

09 루시와 찰스는 시드니를 기억하고 그의 희생을 기리기 위해 어떻게 했나요?

★ 정답은 16쪽에 있습니다.

5. 감옥에서 생활 중인 마네트 박사가 되었다고 생각하고 일기를 써 보세요.

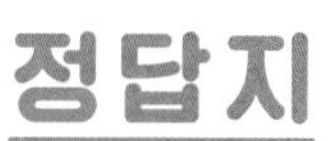


1. 책에 나오는 단어를 알아보아요. 단어와 뜻을 연결해 보세요.

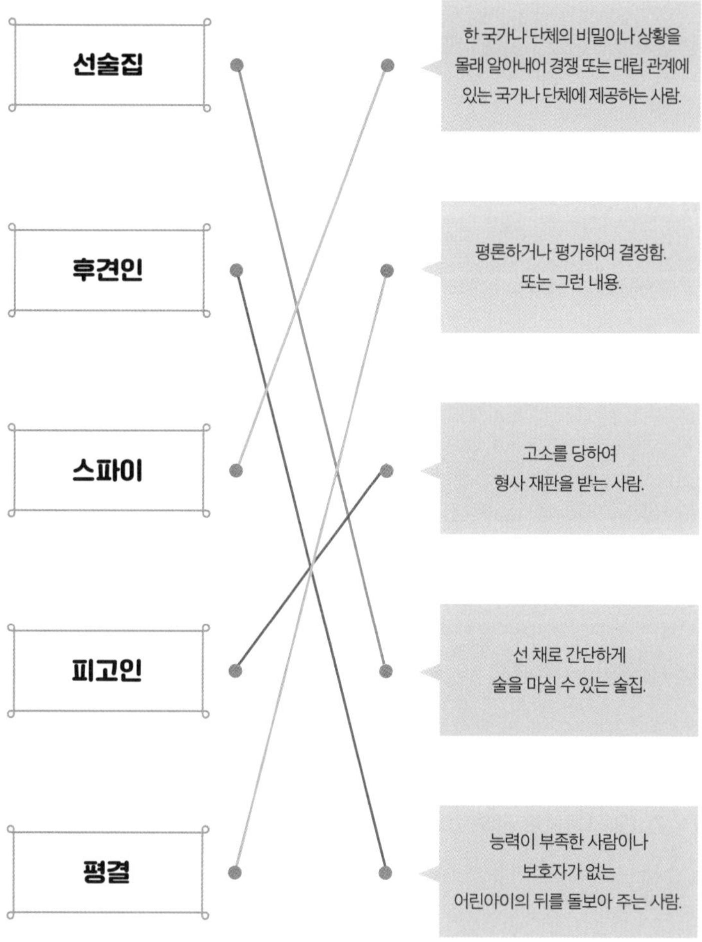


2. 오른쪽 글을 읽고 《두 도시 이야기》의 이야기 흐름 순서대로 숫자를 적어 보아요.

| 1 | 5 | 2 | 4 | 7 | 3 | 6 | 8 |
|---|---|---|---|---|---|---|---|

# 정답지

4. 《두 도시 이야기》의 내용을 자세히 살펴보고 질문에 대답해 보아요.

**01 마네트 박사는 감옥에서 어떤 기술을 익혔나요?**

답: 구두 만드는 법을 익혔다.

**02 런던의 법정은 뭐라고 불리나요?**

답: 올드 베일리.

**03 스파이로 몰려 감옥에 가게 된 찰스 다네이를 구한 사람은 누구인가요?**

답: 시드니 카턴.

**04 파리의 불쌍한 사람들이 공격한 감옥은 어디인가요?**

답: 바스티유 감옥.

**05 마네트 박사는 왜 감옥에 갇혔나요?**

답: 그가 생 에브레몽드 사건을 경찰에 알리려 했기 때문에.

**06 마네트 박사가 갇혀 있던 감옥은 정확히 몇 호인가요?**

답: 북쪽 탑 105호.

**07 찰스 다네이는 왜 파리로 돌아갔나요?**

답: 하인 가벨을 구하기 위해.

**08 시드니는 감옥에 있는 찰스를 구출하기 위해 어떻게 했나요?**

답: 옷을 바꿔 입고 찰스인 척했다.

**09 루시와 찰스는 시드니를 기억하고 그의 희생을 기리기 위해 어떻게 했나요?**

답: 아들에게 시드니라는 이름을 붙여 주었다.

# 황폐한 집

WORK BOOK

1. 책에 나오는 단어를 알아보아요. 단어와 뜻을 연결해 보세요.

| 단어 | 뜻 |
| --- | --- |
| **소송** | 개인 간 또는 국가와 개인 사이의 다툼을 법적으로 해결해 줄 것을 법원에 요구함. 또는 그런 절차. |
| **권력** | 주로 알파벳의 표기에서, 낱말이나 문장 혹은 고유 명사의 첫머리에 쓰는 대문자. |
| **노숙자** | 거주지 없이 길이나 공원 등에서 잠을 자는 사람. |
| **머리글자** | 남을 복종시키거나 지배할 수 있는 공인된 권리와 힘. |

2. 오른쪽 글을 읽고 《황폐한 집》의 이야기 흐름 순서대로 숫자를 적어 보아요.

|  |  |
| --- | --- |
| 1 | 에스더는 엄격하고 불친절한 이모 밑에서 자랐어요. 에스더가 열네 살이 되던 해, 이모가 돌아가시고 존 잔다이스가 에스더의 후견인이 되었어요. |
|  | 오르탕스는 털킹혼을 위해 일했는데 돈을 주지 않자 그를 죽였어요. 그러고는 데드록 부인에게 누명을 씌우려고 했지만 버킷 경감에 의해 범행이 발각되었어요. |
|  | 털킹혼 변호사는 데드록 부인의 비밀을 알아내고 에스더가 부인의 딸이라는 사실을 알려 줬어요. |
|  | 데드록 부인은 첫사랑이 묻혀 있는 공동묘지에서 죽은 채로 발견되었어요. |
|  | 에스더는 존의 황폐한 집으로 가게 되었어요. 이름과 달리 집은 따뜻하고 안락했어요. 존은 소송 때문에 이 집이 한때 황폐했었다고 설명했어요. |
|  | 데드록 부인도 그 소송에 휘말린 사람이었어요. 부인에게 털킹혼 변호사가 찾아왔지요. 털킹혼 변호사는 데드록 부인이 수상하다고 생각했어요. |
|  | 비밀이 밝혀질까 두려웠던 데드록 부인은 에스더에게 자신이 엄마라는사실을 밝힌 후 도망쳤지요. |
| 8 | 오랫동안 이어져 오던 소송은 결론도 없이 끝났어요. 에스더는 데드록 부인을 두 번밖에 만나지 못했지만, 어머니를 마음속 깊이 간직했답니다. |

★ 정답은 23쪽에 있습니다.

3. 말풍선을 이용한 만화를 그려 이야기를 다시 들려주세요!

4. 《황폐한 집》의 내용을 자세히 살펴보고 질문에 대답해 보아요.

01 에스더는 이모와 몇 년을 함께 살았나요?

02 누가 에스더의 후견인이 되었나요?

03 잔다이스 대 잔다이스 소송을 둘러싼 상황을 간단하게 설명해 보세요.

04 털킹혼 변호사는 중요한 인물들의 비밀을 캐내는 걸 왜 좋아하나요?

05 니모는 라틴어로 무슨 뜻인가요?

06 니모의 집주인은 그의 죽음에 어떻게 반응했나요?

07 손수건에 있는 H.B.는 무엇을 뜻하나요?

08 오르탕스는 털킹혼 변호사를 살해한 인물로 누구에게 누명을 씌우려 했나요?

★ 정답은 24쪽에 있습니다.

5. 에스더가 자신의 딸이라는 사실을 알게 된 데드록 부인이 되었다고 생각하고 일기를 써 보세요.

1. 책에 나오는 단어를 알아보아요. 단어와 뜻을 연결해 보세요.

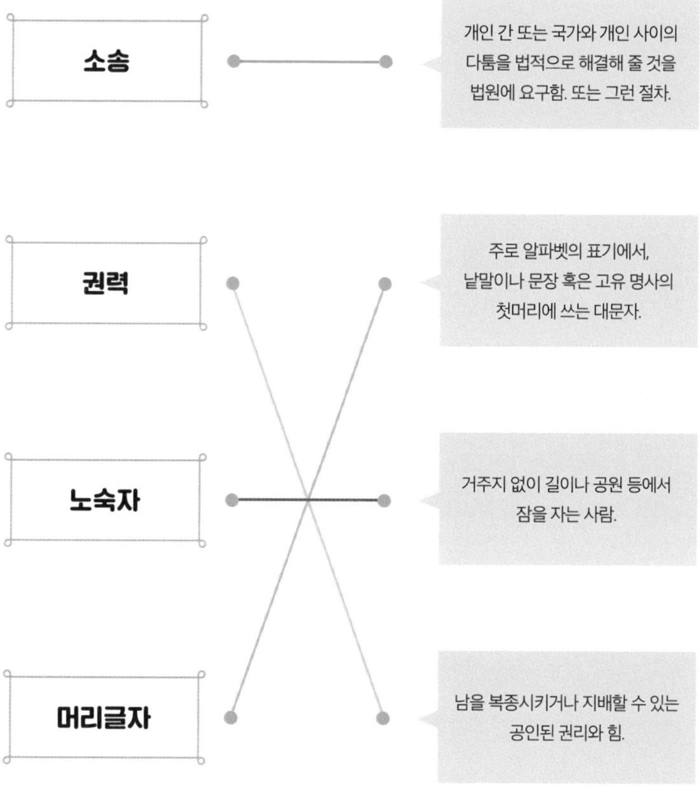


2. 오른쪽 글을 읽고 《황폐한 집》의 이야기 흐름 순서대로 숫자를 적어 보아요.

| 1 | 6 | 4 | 7 | 2 | 3 | 5 | 8 |
|---|---|---|---|---|---|---|---|

## 정답지

4. 《황폐한 집》의 내용을 자세히 살펴보고 질문에 대답해 보아요.

**01 에스더는 이모와 몇 년을 함께 살았나요?**

답: 14년.

**02 누가 에스더의 후견인이 되었나요?**

답: 존 잔다이스.

**03 잔다이스 대 잔다이스 소송을 둘러싼 상황을 간단하게 설명해 보세요.**

답: 오래전 잔다이스라는 이름의 누군가가 잔다이스라는 이름의 사람에게 큰돈을 남겼다. 하지만 잔다이스 가문에서 제3의 인물이 나타나 자기도 돈을 가져야 한다며 소송을 걸었다. 이후 제4, 제5, 제6 등등 끝없이 새로운 인물이 나타나 소송을 벌였다.

**04 털킹혼 변호사는 중요한 인물들의 비밀을 캐내는 걸 왜 좋아하나요?**

답: 털킹혼 변호사는 권력을 좋아하는데, 상대의 비밀을 알면 권력을 가질 수 있다고 생각한다.

**05 니모는 라틴어로 무슨 뜻인가요?**

답: '아무도 아닌'이라는 뜻이다.

**06 니모의 집주인은 그의 죽음에 어떻게 반응했나요?**

답: 6주째 방값을 받지 못했다며 투덜거렸다.

**07 손수건에 있는 H.B.는 무엇을 뜻하나요?**

답: 오노리아 바바리(Honoria Barbary), 데드록 부인의 결혼 전 이름.

**08 오르탕스는 털킹혼 변호사를 살해한 인물로 누구에게 누명을 씌우려 했나요?**

답: 데드록 부인.

# 데이비드 코퍼필드

WORK BOOK

1. 책에 나오는 단어를 알아보아요. 단어와 뜻을 연결해 보세요.

|  | |  |
|---|---|---|
| **응접실** | ● ● | 아버지의 고모를 이르거나 부르는 말. |
| **하숙** | ● ● | 같이 사업을 하는 사람. |
| **고모할머니** | ● ● | 책이나 그림 등을 인쇄하여 세상에 내놓음. |
| **출간** | ● ● | 일정한 방세와 식비를 내고 남의 집에 머물면서 먹고 자고 하는 일. |
| **동업자** | ● ● | 손님을 맞이하기 위해 꾸며 놓은 방. |

2. 오른쪽 글을 읽고 《데이비드 코퍼필드》의 이야기 흐름 순서대로 숫자를 적어 보아요.

|  |  |
|---|---|
| 1 | 어머니와 단둘이 살던 데이비드 코퍼필드에게 새아빠가 생겼어요. |
| | 그곳에서 사무원으로 일하던 미코버 씨는 유라이어의 범죄 사실을 알아냈어요. 모든 사실이 드러난 유라이어는 위크필드 씨에게 빼돌렸던 모든 것을 돌려주었어요. |
| | 유라이어 힙은 위크필드 씨가 아픈 틈을 타 교활한 말솜씨로 회사를 차지하고 돈도 빼돌렸지요. |
| | 데이비드는 일터에서 도망쳐 도버에 산다는 고모할머니를 찾아갔어요. 다시 학교에 다니면서 변호사 위크필드 씨와 그의 딸 아그네스를 알게 되었어요. |
| | 어머니가 돌아가시고 데이비드는 새아빠에 의해 학교가 아닌 일터로 가야 했어요. |
| | 위크필드 씨에겐 유라이어 힙이라는 조수가 있었어요. 어딘가 꿍꿍이속이 있어 보이는 사람이었지요. 그는 데이비드에게 아그네스와 결혼하고 싶다고 말했어요. |
| | 새아빠는 데이비드를 마음에 들어 하지 않았어요. 데이비드를 때리고 못 살게 굴다 끝내는 기숙 학교로 보내 버렸지요. |
| 8 | 위크필드 씨는 건강을 되찾았고 데이비드는 아그네스와 결혼하고 행복하게 살았어요. |

★ 정답은 31쪽에 있습니다.

3. 말풍선을 이용한 만화를 그려 이야기를 다시 들려주세요!

4. 《데이비드 코퍼필드》의 내용을 자세히 살펴보고 질문에 대답해 보아요.

01 왜 페고티는 이름이 아닌 성으로 불리게 되었나요?

02 머드스톤 씨는 데이비드를 방 안에 며칠 동안 가뒀나요?

03 데이비드는 왜 런던을 떠났나요?

04 벳시 고모할머니는 왜 데이비드의 집에서 함께 지내게 되었나요?

05 데이비드의 집에 찾아온 유라이어는 위크필드 씨를 뭐라고 설명했나요?

06 변호사 사무실에서 일할 수 없게 된 데이비드는 어떤 일을 하며 돈을 벌었나요?

07 유라이어가 저지른 악행의 증거를 발견한 건 누구인가요?

08 법률 사무소를 그만둔 미코버 씨는 어떻게 되었나요?

★ 정답은 32쪽에 있습니다.

5. 학교로 보내진 데이비드가 되었다고 생각하고 일기를 써 보세요.

1. 책에 나오는 단어를 알아보아요. 단어와 뜻을 연결해 보세요.

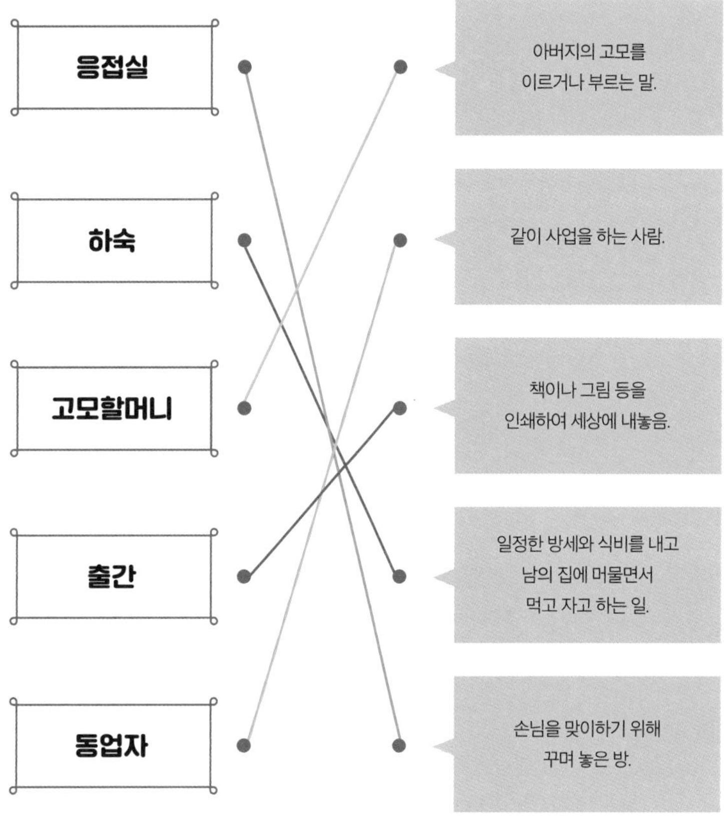


2. 오른쪽 글을 읽고 《데이비드 코퍼필드》의 이야기 흐름 순서대로 숫자를 적어 보아요.

| 1 | 7 | 6 | 4 | 3 | 5 | 2 | 8 |
|---|---|---|---|---|---|---|---|

## 정답지

4. 《데이비드 코퍼필드》의 내용을 자세히 살펴보고 질문에 대답해 보아요.

**01 왜 페고티는 이름이 아닌 성으로 불리게 되었나요?**

답: 이름이 데이비드의 엄마와 같았기 때문에.

**02 머드스톤 씨는 데이비드를 방 안에 며칠 동안 가뒀나요?**

답: 5일.

**03 데이비드는 왜 런던을 떠났나요?**

답: 유일한 친구인 미코버 가족이 런던을 떠났고, 병 씻는 일을 하기 싫어서.

**04 벳시 고모할머니는 왜 데이비드의 집에서 함께 지내게 되었나요?**

답: 돈과 관련해서 위크필드 씨의 조언을 들었는데 결과가 좋지 않아서.

**05 데이비드의 집에 찾아온 유라이어는 위크필드 씨를 뭐라고 설명했나요?**

답: 너무 현명하지 못하고 경솔하다.

**06 변호사 사무실에서 일할 수 없게 된 데이비드는 어떤 일을 하며 돈을 벌었나요?**

답: 글을 써서 책으로 출간했다.

**07 유라이어가 저지른 악행의 증거를 발견한 건 누구인가요?**

답: 미코버 씨.

**08 법률 사무소를 그만둔 미코버 씨는 어떻게 되었나요?**

답: 호주로 이사를 가서 치안 판사가 되어 존경받으며 행복하게 살았다.

# 위대한 유산

WORK BOOK

1. 책에 나오는 단어를 알아보아요. 단어와 뜻을 연결해 보세요.

|  | |  |
|---|---|---|
| 대장장이 | ● ● | 강물이 바다로 흘러가는 어귀. |
| 강어귀 | ● ● | 쇠를 달구어 연장 따위를 만드는 일을 하는 사람. |
| 무례 | ● ● | 실무를 배워 익히면서 일하는 사람. |
| 독지가 | ● ● | 태도나 말에 예의가 없음. |
| 수습생 | ● ● | 남을 돕는 자선 사업 등에 적극적으로 참여하여 지원하는 사람. |

2. 오른쪽 글을 읽고 《위대한 유산》의 이야기 흐름 순서대로 숫자를 적어 보아요.

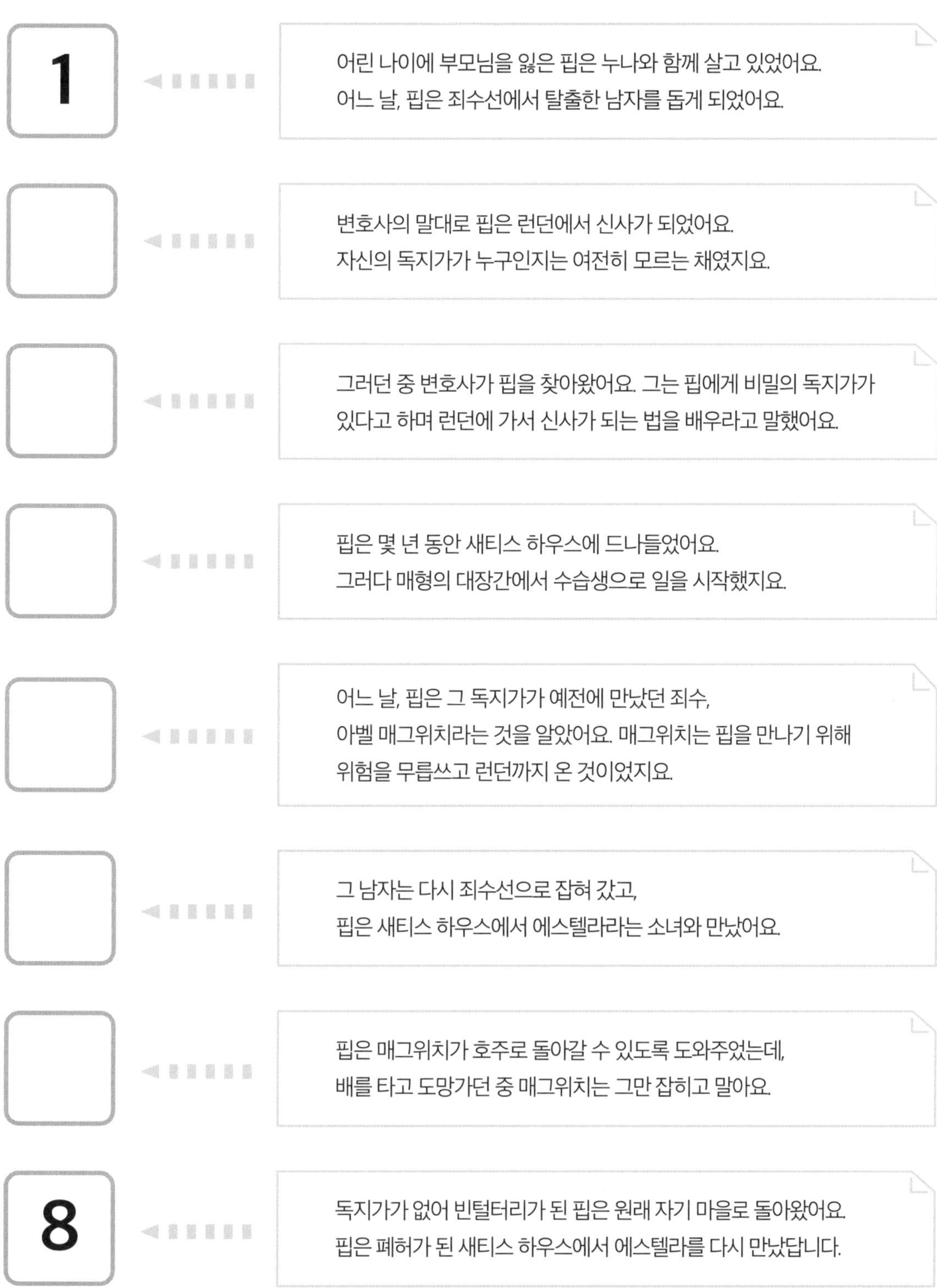

1 — 어린 나이에 부모님을 잃은 핍은 누나와 함께 살고 있었어요.
어느 날, 핍은 죄수선에서 탈출한 남자를 돕게 되었어요.

☐ — 변호사의 말대로 핍은 런던에서 신사가 되었어요.
자신의 독지가가 누구인지는 여전히 모르는 채였지요.

☐ — 그러던 중 변호사가 핍을 찾아왔어요. 그는 핍에게 비밀의 독지가가
있다고 하며 런던에 가서 신사가 되는 법을 배우라고 말했어요.

☐ — 핍은 몇 년 동안 새티스 하우스에 드나들었어요.
그러다 매형의 대장간에서 수습생으로 일을 시작했지요.

☐ — 어느 날, 핍은 그 독지가가 예전에 만났던 죄수,
아벨 매그위치라는 것을 알았어요. 매그위치는 핍을 만나기 위해
위험을 무릅쓰고 런던까지 온 것이었지요.

☐ — 그 남자는 다시 죄수선으로 잡혀 갔고,
핍은 새티스 하우스에서 에스텔라라는 소녀와 만났어요.

☐ — 핍은 매그위치가 호주로 돌아갈 수 있도록 도와주었는데,
배를 타고 도망가던 중 매그위치는 그만 잡히고 말아요.

8 — 독지가가 없어 빈털터리가 된 핍은 원래 자기 마을로 돌아왔어요.
핍은 폐허가 된 새티스 하우스에서 에스텔라를 다시 만났답니다.

★ 정답은 39쪽에 있습니다.

3. 말풍선을 이용한 만화를 그려 이야기를 다시 들려주세요!

4. 《위대한 유산》의 내용을 자세히 살펴보고 질문에 대답해 보아요.

01 죄수가 탈출했다는 신호는 무엇인가요?

02 죄수는 왜 조가 대장장이라는 사실에 관심을 보였나요?

03 핍이 해비셤 부인을 처음 보았을 때 이상하다고 느낀 이유는 무엇인가요?

04 해비셤 부인의 시계는 언제로 멈춰 있으며 그 이유는 무엇인가요?

05 매그위치는 왜 불법이라는 걸 알면서도 영국에 돌아갔나요?

06 매그위치가 목에서 내는 딸깍 하는 소리는 무엇을 의미할까요?

07 매그위치가 죽고 난 뒤 핍에게는 무슨 일이 생겼나요?

08 핍이 어렸을 때 보았던 에스텔라와 지금의 에스텔라는 어떤 점이 달라졌나요?

★ 정답은 40쪽에 있습니다.

5. 핍이 되었다고 생각하며 하루를 묘사하는 일기를 써 보세요.

# 정답지

1. 책에 나오는 단어를 알아보아요. 단어와 뜻을 연결해 보세요.

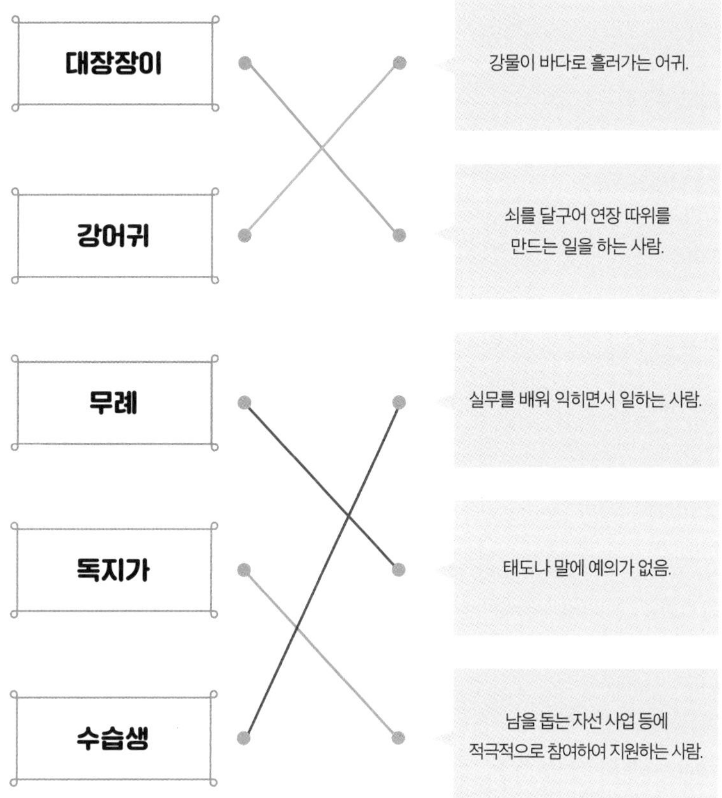


2. 오른쪽 글을 읽고 《위대한 유산》의 이야기 흐름 순서대로 숫자를 적어 보아요.

| 1 | 5 | 4 | 3 | 6 | 2 | 7 | 8 |
|---|---|---|---|---|---|---|---|

정답지

4. 《위대한 유산》의 내용을 자세히 살펴보고 질문에 대답해 보아요.

**01 죄수가 탈출했다는 신호는 무엇인가요?**

답: 죄수선에서 쏜 대포 소리.

**02 죄수는 왜 조가 대장장이라는 사실에 관심을 보였나요?**

답: 핍이 쇠사슬을 끊기 위해 필요한 도구를 가져다줄 수 있을 거라고 생각해서.

**03 핍이 해비셤 부인을 처음 보았을 때 이상하다고 느낀 이유는 무엇인가요?**

답: 웨딩드레스를 입고 베일을 쓰고 보석으로 치장했는데, 웨딩드레스가 오래되어 누렇게 변한 상태였다.

**04 해비셤 부인의 시계는 언제로 멈춰 있으며 그 이유는 무엇인가요?**

답: 8시 40분. 약혼자에게서 결혼식을 취소하겠다는 편지를 받았을 때다. 모든 것이 바로 그 순간 멈춰 버렸다.

**05 매그위치는 왜 불법이라는 걸 알면서도 영국에 돌아갔나요?**

답: 오래전 자기를 도와준 핍에게 보답을 하고 싶어서 핍의 독지가가 되었는데,
핍이 어떤 신사가 되었는지 보고 싶어서 런던으로 돌아왔다.

**06 매그위치가 목에서 내는 딸깍 하는 소리는 무엇을 의미할까요?**

답: 누군가 자기 마음에 들거나 친절한 말을 했을 때 그런 소리를 낸다.
감동했거나 울고 싶은 기분이 들 때 그 소리로 대신하는 듯하다.

**07 매그위치가 죽고 난 뒤 핍에게는 무슨 일이 생겼나요?**

답: 경찰이 매그위치의 돈을 모두 압수해서 지원이 끊겼다.
아무것도 남지 않은 핍은 자기가 자랐던 마을로 돌아갔다.

**08 핍이 어렸을 때 보았던 에스텔라와 지금의 에스텔라는 어떤 점이 달라졌나요?**

답: 예전에는 핍을 향해 한 번도 웃어 주지 않았지만, 이야기가 끝날 무렵에는 핍을 보며 미소를 지었다.

# 어려운 시절

WORK BOOK

1. 책에 나오는 단어를 알아보아요. 단어와 뜻을 연결해 보세요.

|  |  |
| --- | --- |
| **편자** | 물이 빠져나갈 수 있도록 만든 길. |
| **서커스** | 말굽에 대고 붙이는 U 자 모양의 쇳조각. |
| **배수로** | 마술이나 여러 가지 곡예, 동물의 묘기 따위를 보여 주며 공연하는 단체. |
| **파운드** | 돈이나 재물 따위를 걸고 주사위, 화투, 트럼프 따위를 써서 서로 내기를 하는 일. |
| **도박** | 영국의 화폐 단위. |

2. 오른쪽 글을 읽고 《어려운 시절》의 이야기 흐름 순서대로 숫자를 적어 보아요.

|  |  |
|---|---|
| 1 | 코크타운은 사실과 숫자, 돈만이 중요한 곳이에요. 코크타운에서 학교를 운영하는 그래드그라인드 씨도 마찬가지였어요. |
|  | 씨씨는 루이자와 자매 같은 사이가 되었어요. 루이자가 돈 때문에 바운더비 씨와 결혼할 때 슬퍼하는 사람도 씨씨뿐이었어요. |
|  | 서커스 단원의 딸인 씨씨는 홀로 남겨졌어요.<br>아버지가 서커스단과 씨씨까지 모두 버려두고 혼자 사라졌거든요.<br>그래드그라인드 씨는 씨씨를 돌봐주기로 했지요. |
|  | 바운더비 씨가 운영하는 은행에 도둑이 들어 돈을 훔쳐갔어요.<br>엄청난 돈이 사라졌다지 뭐예요! |
|  | 톰은 처벌을 피해 미국으로 떠났어요. 씨씨의 아버지가 씨씨를 버리고 떠난 게 아니라 세상을 등졌다는 사실도 밝혀졌지요. |
|  | 바운더비 은행털이 사건의 범인은 바로 톰이었어요.<br>씨씨는 겁에 질린 톰을 슬리어리 서커스에 숨겨 주었어요. |
|  | 불행한 결혼 생활을 하던 루이자는 그래드그라인드 씨에게 바운더비 씨와 헤어지겠다고 말했어요. 그래드그라인드 씨는 처음으로 사실이 아닌 감정에 마음이 흔들렸어요. |
| 8 | 씨씨는 결혼해서 아이를 낳았고,<br>루이자는 씨씨의 아이들을 정성껏 보살피며 행복하게 살았어요. |

★ 정답은 47쪽에 있습니다.

3. 말풍선을 이용한 만화를 그려 이야기를 다시 들려주세요!

4. 《어려운 시절》의 내용을 자세히 살펴보고 질문에 대답해 보아요.

01 그래드그라인드 씨의 아이들 이름은 무엇인가요?

02 그래드그라인드 씨는 왜 서커스를 싫어했나요?

03 바운더비 씨는 무엇으로 돈을 벌었나요?

04 씨씨는 왜 그래드그라인드 씨의 집에서 지내게 되었나요?

05 씨씨의 아빠가 키우던 개의 이름은 무엇인가요?

06 바운더비 씨의 청혼을 받았을 때 루이자의 반응은 어땠나요?

07 톰은 왜 누나에게 돈을 요구했나요?

08 수상한 늙은 여인은 누구로 밝혀졌나요?

★ 정답은 48쪽에 있습니다.

5. 그래드그라인드 씨의 집에서 살게 된 씨씨 주프라고 생각하고 일기를 써 보세요.

## 정답지

1. 책에 나오는 단어를 알아보아요. 단어와 뜻을 연결해 보세요.

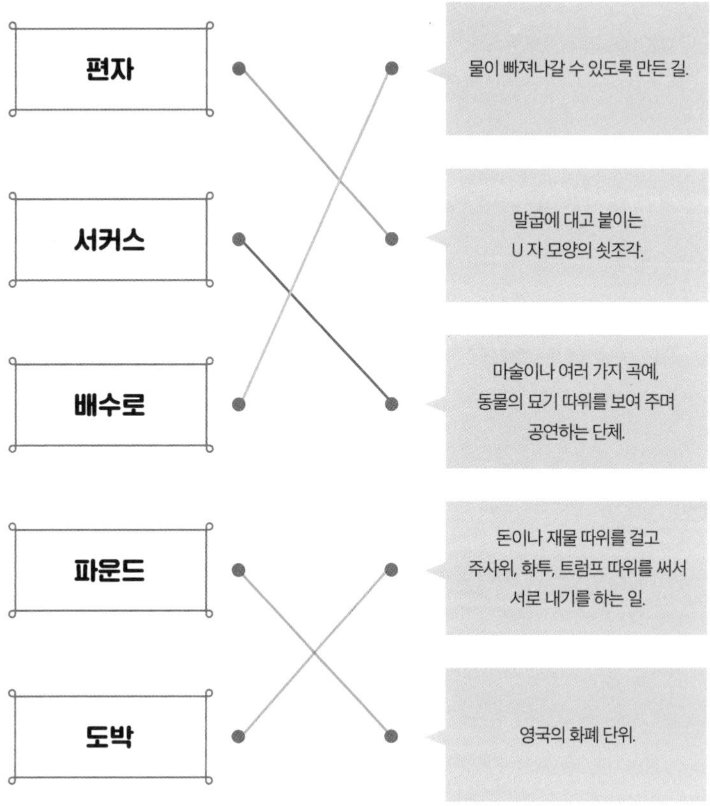


2. 오른쪽 글을 읽고 《어려운 시절》의 이야기 흐름 순서대로 숫자를 적어 보아요.

| 1 | 3 | 2 | 4 | 7 | 6 | 5 | 8 |
|---|---|---|---|---|---|---|---|

## 정답지

4. 《어려운 시절》의 내용을 자세히 살펴보고 질문에 대답해 보아요.

**01 그래드그라인드 씨의 아이들 이름은 무엇인가요?**

답: 루이자와 톰.

**02 그래드그라인드 씨는 왜 서커스를 싫어했나요?**

답: 서커스는 화려하고 재미있는 것, 코크타운과는 정반대의 것이기 때문에.

**03 바운더비 씨는 무엇으로 돈을 벌었나요?**

답: 세 개의 공장과 은행을 통해서.

**04 씨씨는 왜 그래드그라인드 씨의 집에서 지내게 되었나요?**

답: 아버지가 서커스단과 씨씨를 버려두고 혼자 사라져서.

**05 씨씨의 아빠가 키우던 개의 이름은 무엇인가요?**

답: 메리레그.

**06 바운더비 씨의 청혼을 받았을 때 루이자의 반응은 어땠나요?**

답: 기분이 좋지 않았다. 아버지의 서재를 나서며 눈물을 흘렸다.

**07 톰은 왜 누나에게 돈을 요구했나요?**

답: 도박으로 생긴 빚을 갚아야 해서.

**08 수상한 늙은 여인은 누구로 밝혀졌나요?**

답: 바운더비 씨의 어머니.

# 작은 도릿

WORK BOOK

1. 책에 나오는 단어를 알아보아요. 단어와 뜻을 연결해 보세요.

| 단어 | 뜻 |
|---|---|
| 감옥 | 재산을 다 없애고 아무것도 가진 것이 없는 가난뱅이가 된 사람. |
| 탐정 | 깔보고 욕되게 함. |
| 발명가 | 아직까지 없던 기술이나 물건을 새로 생각하여 만들어 내는 일을 하는 사람. |
| 모욕 | 드러나지 않은 사정을 몰래 살펴 알아냄. 또는 그런 일을 하는 사람. |
| 빈털터리 | 죄인을 가두어 두는 곳. 한때 형무소라고 부르다가 현재 '교도소'로 고쳤다. |

2. 오른쪽 글을 읽고 《작은 도릿》의 이야기 흐름 순서대로 숫자를 적어 보아요.

|  |  |
|---|---|
| 1 | 가난한 도릿 씨는 빌린 돈을 갚지 못해 마샬시라는 감옥에 갇혔어요. |
| | 도릿 씨가 죽은 뒤 머들 씨는 도릿 가족과 아서를 포함한 많은 사람들의 돈을 훔쳐서 달아났어요. |
| | 에이미 도릿은 클레넘 부인의 일을 도와주며 아버지를 돌보았어요. 그러다가 클레넘 부인의 아들 아서와 친구가 되지요. |
| | 재산을 전부 잃은 아서는 마샬시에 갇혔고, 에이미는 다시 영국으로 돌아와요. 에이미는 쇠약해진 아서를 돌봐 주지요. |
| | 에이미의 언니 패니는 돈 많은 남자와 사랑 없는 결혼을 하고, 도릿 씨는 치매에 걸려 마샬시에서 살던 때처럼 행동하기 시작했어요. |
| | 아서는 탐정 팬크스에게 도릿 가족에 대해 알아봐 달라고 부탁했어요. 그렇게 도릿 가족에게 남겨진 어마어마한 재산이 있다는 사실이 밝혀졌어요. |
| | 부자가 된 도릿 가족은 전 재산을 머들 씨의 은행에 맡기고 전 세계를 여행하며 호화로운 삶을 살았어요. |
| 8 | 아서의 동업자 다니엘이 아서의 빚을 모두 갚아 준 덕분에 아서는 감옥에서 풀려났어요. 아서와 에이미는 결혼해서 행복하게 살았답니다. |

★ 정답은 55쪽에 있습니다.

3. 말풍선을 이용한 만화를 그려 이야기를 다시 들려주세요!

4. 《작은 도릿》의 내용을 자세히 살펴보고 질문에 대답해 보아요.

01 도릿의 가족은 어쩌다 마샬시 감옥에서 지내게 되었나요?

02 에이미 도릿은 왜 '작은 도릿'이라 불렸나요?

03 클레넘 부인의 방은 어떻게 묘사되어 있나요?

04 에드먼드 스파클러의 어머니는 왜 패니 도릿에게 아들과 헤어지라고 했나요?

05 팬크스 씨는 도릿 가족에 대해 무엇을 알아냈나요?

06 도릿 씨가 죽고 난 뒤 클레넘 부인의 집에는 무슨 일이 일어났나요?

07 도릿 가족은 왜 다시 가난해졌나요?

08 에이미는 아서가 주었던 편지를 어떻게 했나요?

★ 정답은 56쪽에 있습니다.

5. 베니스에서 생활 중인 도릿 가족 중 한 명이라고 생각하며 일기를 써 보세요.

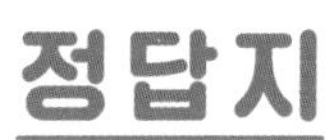


1. 책에 나오는 단어를 알아보아요. 단어와 뜻을 연결해 보세요.

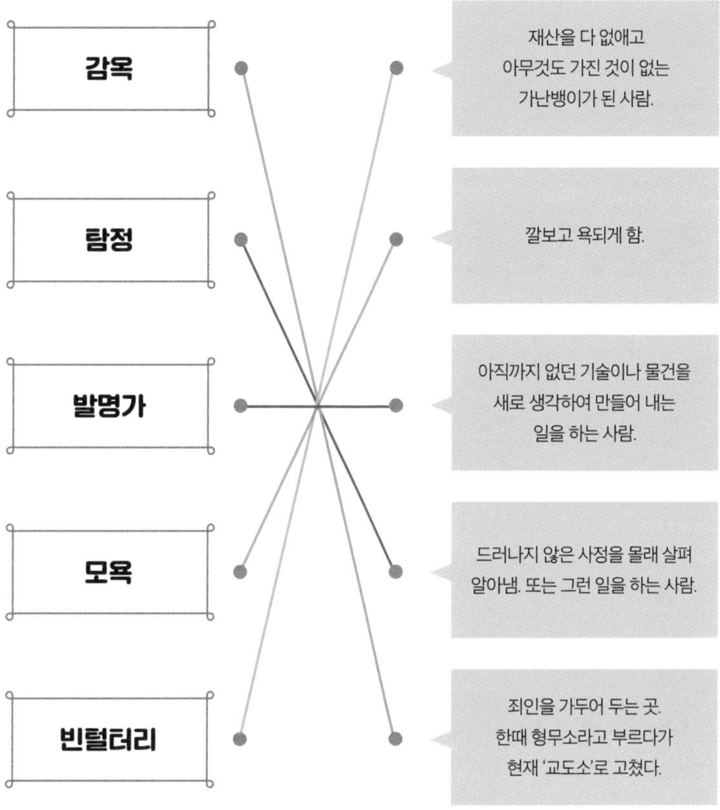


2. 오른쪽 글을 읽고 《작은 도릿》의 이야기 흐름 순서대로 숫자를 적어 보아요.

| 1 | 6 | 2 | 7 | 5 | 3 | 4 | 8 |
|---|---|---|---|---|---|---|---|

4. 《작은 도릿》의 내용을 자세히 살펴보고 질문에 대답해 보아요.

01 도릿의 가족은 어쩌다 마샬시 감옥에서 지내게 되었나요?

답: 너무 가난했던 도릿 씨가 다른 사람에게 돈을 빌렸지만 제대로 갚지 못해서.

02 에이미 도릿은 왜 '작은 도릿'이라 불렸나요?

답: 가족 중에서 제일 덩치가 작고 나이도 어렸기 때문에.

03 클레넘 부인의 방은 어떻게 묘사되어 있나요?

답: 어둡고 칙칙했으며 곰팡이 냄새도 살짝 나는 것 같았다.

04 에드먼드 스파클러의 어머니는 왜 패니 도릿에게 아들과 헤어지라고 했나요?

답: 에드먼드의 가족은 부유했지만, 도릿의 가족은 가난했기 때문에.

05 팬크스 씨는 도릿 가족에 대해 무엇을 알아냈나요?

답: 윌리엄 도릿이 큰 집과 재산을 상속받게 되어, 그의 가족이 부유해졌다는 사실.

06 도릿 씨가 죽고 난 뒤 클레넘 부인의 집에는 무슨 일이 일어났나요?

답: 카드로 쌓은 집처럼 저택이 와르르 무너지고 말았다.

07 도릿 가족은 왜 다시 가난해졌나요?

답: 머들 씨가 맡겨 둔 돈을 들고 달아나서.

08 에이미는 아서가 주었던 편지를 어떻게 했나요?

답: 편지를 불 속에 던져 넣고 아서의 가족들을 용서했다.

# 니콜라스 니클비

## WORK BOOK

1. 책에 나오는 단어를 알아보아요. 단어와 뜻을 연결해 보세요.

|  | |  |
|---|---|---|
| 밀랍 | | 부모, 자식, 형제 따위의 한 혈통으로 맺어진 사람. |
| 여관 | | 옷을 만드는 일을 직업으로 하는 사람. |
| 재봉사 | | 일정한 돈을 받고 손님을 지내게 하는 집. |
| 혈육 | | 결혼하기를 청함. |
| 청혼 | | 벌집을 만들기 위해 꿀벌이 분비하는 물질. 누런 빛깔로 상온에서 단단하게 굳어지는 성질이 있어서 편지를 봉합할 때 사용했다. |

2. 오른쪽 글을 읽고 《니콜라스 니클비》의 이야기 흐름 순서대로 숫자를 적어 보아요.

|  |  |
|---|---|
| 1 | 아버지가 돌아가시고 가장이 된 니콜라스는<br>가족들과 함께 런던으로 올라와 삼촌인 랄프에게 도움을 요청해요. |
|  | 두더보이즈 홀에서 일하게 된 니콜라스는<br>이곳이 아이들을 학대하는 끔찍하고 무서운 곳임을 알았어요. |
|  | 랄프는 니콜라스가 두더보이즈 홀에서 일하면<br>니클비 부인과 케이트를 돌보겠다고 약속했어요. |
|  | 랄프는 스퀴어스 씨를 데리고 니콜라스의 집을 찾아가요.<br>스퀴어스 씨를 다시 만난 충격으로 스마이크는 병이 들고 말아요. |
|  | 니콜라스는 학대당하는 스마이크를 구하고<br>함께 두더보이즈 홀을 탈출했어요. |
|  | 두더보이즈 홀에서 지내는 동안<br>니콜라스는 스마이크와 친구가 되었어요. |
|  | 랄프의 협박으로 런던에서 지낼 수 없게 된 니콜라스는<br>유랑 극단에 들어갔다가 치리블 형제를 만나 함께 일하게 되었어요. |
| 8 | 니콜라스는 스마이크의 건강을 위해 노력하지만<br>스마이크는 세상을 떠나게 되었어요. 니콜라스는 가정을 꾸리고<br>행복한 삶을 살면서도, 가장 친한 친구 스마이크를 잊지 않았어요. |

★ 정답은 63쪽에 있습니다.

3. 말풍선을 이용한 만화를 그려 이야기를 다시 들려주세요!

4. 《니콜라스 니클비》의 내용을 자세히 살펴보고 질문에 대답해 보아요.

01 아버지가 죽기 전 니콜라스와 가족들은 어디에 살았나요?

02 랄프는 죽음과 관련된 편지라는 걸 어떻게 알았나요?

03 니콜라스는 두더보이즈 홀에서 일하는 대신 얼마를 받기로 되어 있었나요?

04 스마이크는 왜 수업료를 내지도 못하는데 두더보이즈 홀에서 계속 지내고 있었나요?

05 유랑 극단에서 니콜라스는 어떤 역할을 맡았나요?

06 스마이크는 왜 건강이 좋지 않았나요?

07 스퀴어스 씨와 스놀리 씨는 왜 체포되었나요?

08 랄프는 무엇을 알게 되었기에 스스로를 집 안에 가둬 놓았나요?

★ 정답은 64쪽에 있습니다.

5. 스마이크가 아들인 걸 알게 된 랄프 니클비라고 생각하며 일기를 써 보세요.

## 정답지

1. 책에 나오는 단어를 알아보아요. 단어와 뜻을 연결해 보세요.

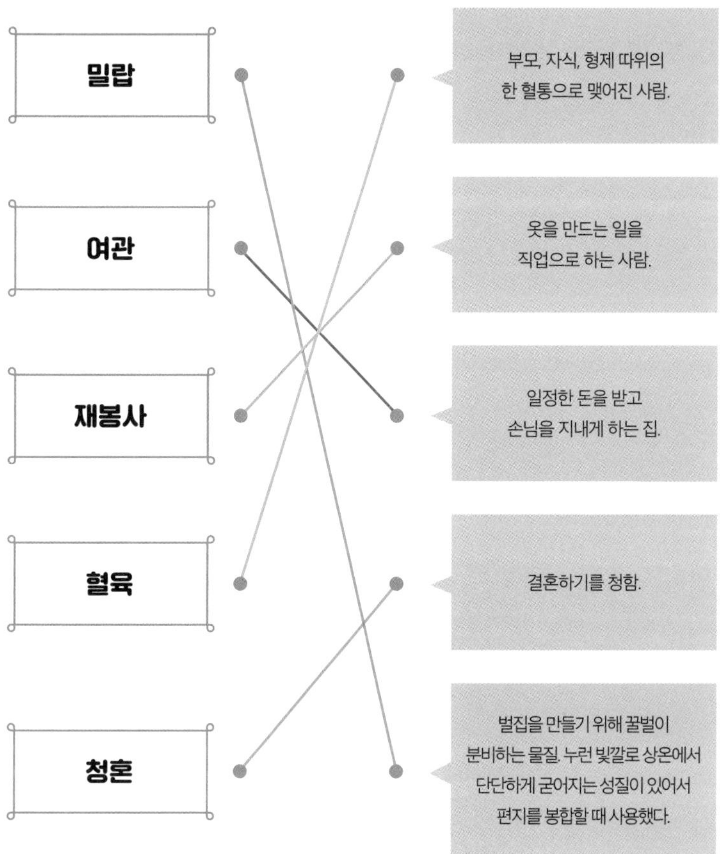


2. 오른쪽 글을 읽고 《니콜라스 니클비》의 이야기 흐름 순서대로 숫자를 적어 보아요.

| 1 | 3 | 2 | 7 | 5 | 4 | 6 | 8 |
|---|---|---|---|---|---|---|---|

4. 《니콜라스 니클비》의 내용을 자세히 살펴보고 질문에 대답해 보아요.

**01 아버지가 죽기 전 니콜라스와 가족들은 어디에 살았나요?**

답: 데본.

**02 랄프는 죽음과 관련된 편지라는 걸 어떻게 알았나요?**

답: 편지 봉투 테두리가 까맣고 까만 밀랍으로 봉해져 있었다.

**03 니콜라스는 두더보이즈 홀에서 일하는 대신 얼마를 받기로 되어 있었나요?**

답: 1년에 5파운드.

**04 스퀴어스 씨는 왜 수업료도 내지 못하는 스마이크를 두더보이즈 홀에서 지내게 했나요?**

답: 학교 주변 잡다한 일을 시키기에 딱 좋았기 때문에.

**05 유랑 극단에서 니콜라스는 어떤 역할을 맡았나요?**

답: 셰익스피어의 <로미오와 줄리엣>에서 로미오.

**06 스마이크는 왜 건강이 좋지 않았나요?**

답: 몇 년 동안이나 학대당하고 제대로 보호받지 못해서.

**07 스퀴어스 씨와 스놀리 씨는 왜 체포되었나요?**

답: 스놀리 씨가 스마이크의 아버지라며 편지를 위조했기 때문에.

**08 랄프는 무엇을 알게 되었기에 스스로를 집 안에 가둬 놓았나요?**

답: 스마이크가 자기 아들이라는 사실.

# 올리버 트위스트

WORK BOOK

1. 책에 나오는 단어를 알아보아요. 단어와 뜻을 연결해 보세요.

|  |  |
| --- | --- |
| 구빈원 | 어느 곳까지의 거리 및 방향을 알려 주는 표지. |
| 장물 | 강도, 사기 등 재산 범죄에 의해 불법으로 가진 남의 재물. |
| 타르 | 목재 틈새로 바닷물이 새어드는 걸 막기 위해 배에 칠했던 검은색의 끈끈한 액체. |
| 이정표 | 같이 어울려 다니는 사람의 무리를 낮잡아 이르는 말. |
| 패거리 | 생활 능력이 없거나 가난한 사람들을 돕는 시설. |

2. 오른쪽 글을 읽고 《올리버 트위스트》의 이야기 흐름 순서대로 숫자를 적어 보아요.

|  |  |
| --- | --- |
| 1 | 올리버는 음식을 더 달라고 요구했다가 구빈원에서 쫓겨났어요.<br>장의사 소어베리 씨가 올리버를 데려가지만 거기서도 학대를 당하지요. |
| | 페이긴의 패거리는 다시 올리버를 납치해 데려왔어요.<br>경찰에 들킬까 봐 제이콥스 아일랜드로 거처를 옮기지요. |
| | 낸시의 도움으로 올리버는 무사히 제이콥스 아일랜드를 빠져나오고<br>페이긴의 패거리로부터 벗어날 수 있었어요. |
| | 소어베리 씨 집에서 도망친 올리버는 일주일 내내 걸어<br>런던에 도착했어요. 그곳에서 솜씨 좋은 다저를 만나게 되지요. |
| | 다저는 올리버를 페이긴의 집으로 데려가요.<br>페이긴 패거리의 아이들은 소매치기를 하며 돈을 벌었어요. |
| | 브라운로우 씨의 해명으로 무사히 풀려난 올리버는 길에서 쓰러지고,<br>브라운로우 씨가 올리버를 집으로 데려가 보살펴 주었어요. |
| | 다저와 찰리가 소매치기를 할 때 함께 있었던 올리버는<br>범인으로 의심 받아 재판에 서게 되었어요. |
| 8 | 다시 브라운로우 씨의 집에 돌아온 올리버는<br>진짜 가족에 대해 알게 되었어요. |

★ 정답은 71쪽에 있습니다.

3. 말풍선을 이용한 만화를 그려 이야기를 다시 들려주세요!

4. 《올리버 트위스트》의 내용을 자세히 살펴보고 질문에 대답해 보아요.

01 구빈원에서 올리버는 무슨 일을 했나요?

02 올리버는 어쩌다 구빈원에서 쫓겨나게 되었나요?

03 올리버는 바넷이라는 마을에 도착할 때까지 며칠 동안 걸었나요?

04 솜씨 좋은 다저와 소년들이 하는 일은 무엇이었나요?

05 올리버가 체포되고 브라운로우 씨 집에서 지내게 된 것을 보고 페이긴과 빌은 왜 걱정을 했나요?

06 '덫'이란 누구를 말하는 것인가요?

07 낸시는 올리버를 어떻게 구했나요? 그리고 낸시는 어떻게 되었나요?

08 브라운로우 씨 집 서재에 있던 초상화의 주인공은 누구였나요?

★ 정답은 72쪽에 있습니다.

5. 올리버가 되었다고 생각하며 하루를 묘사하는 일기를 써 보세요.

## 정답지

1. 책에 나오는 단어를 알아보아요. 단어와 뜻을 연결해 보세요.

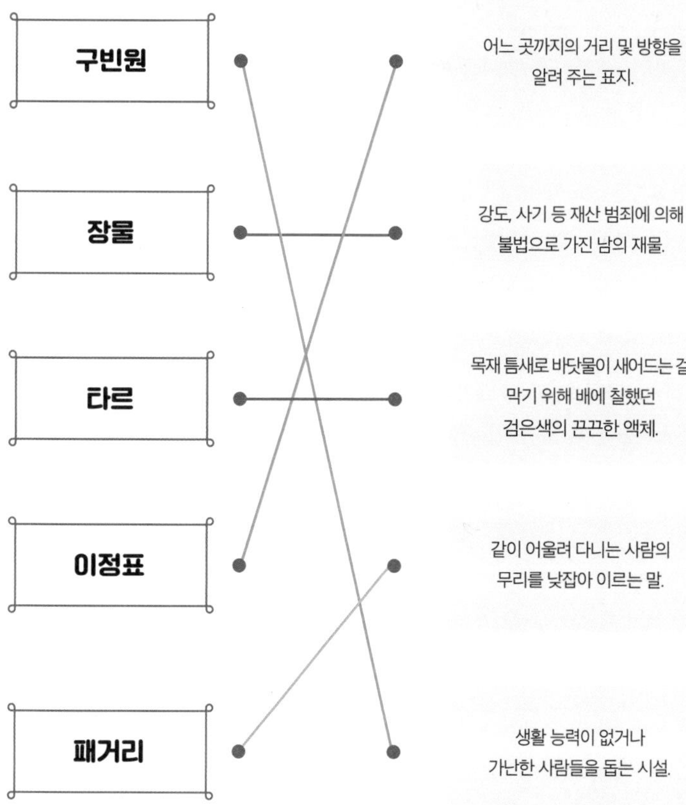


2. 오른쪽 글을 읽고 《올리버 트위스트》의 이야기 흐름 순서대로 숫자를 적어 보아요.

| 1 | 6 | 7 | 2 | 3 | 5 | 4 | 8 |
|---|---|---|---|---|---|---|---|

4. 《올리버 트위스트》의 내용을 자세히 살펴보고 질문에 대답해 보아요.

**01 구빈원에서 올리버는 무슨 일을 했나요?**

답: 배에서 쓰던 타르가 잔뜩 묻은 밧줄을 다시 사용할 수 있게 푸는 일.

**02 올리버는 어쩌다 구빈원에서 쫓겨나게 되었나요?**

답: 구빈원 아이들은 매우 적은 음식을 배급받았는데, 너무 배가 고팠던 올리버가 음식을 더 달라고 말했다가 쫓겨났다.

**03 올리버는 바넷이라는 마을에 도착할 때까지 며칠 동안 걸었나요?**

답: 7일.

**04 솜씨 좋은 다저와 소년들이 하는 일은 무엇이었나요?**

답: 도둑질.

**05 올리버가 체포되고 브라운로우 씨 집에서 지내게 된 것을 보고 페이긴과 빌은 왜 걱정을 했나요?**

답: 올리버가 경찰이나 브라운로우 씨에게 페이긴의 패거리에 대해 말해서 체포될까 봐.

**06 '덫'이란 누구를 말하는 것인가요?**

답: 경찰.

**07 낸시는 올리버를 어떻게 구했나요? 그리고 낸시는 어떻게 되었나요?**

답: 브라운로우 씨를 찾아가 제이콥스 아일랜드에 있는 새 은신처 위치를 알려 줬다. 이 사실을 알아낸 빌이 낸시를 죽였다.

**08 브라운로우 씨 집 서재에 있던 초상화의 주인공은 누구였나요?**

답: 올리버의 이모. 올리버의 엄마인 아그네스의 언니다. 브라운로우 씨와 결혼하기로 되어 있었으나 결혼식 전에 죽고 말았다.

# 오래된 골동품 상점

WORK BOOK

1. 책에 나오는 단어를 알아보아요. 단어와 뜻을 연결해 보세요.

| 단어 | | 뜻 |
|---|---|---|
| **골동품** | | 말을 기르는 곳. |
| **상점** | | 오래되었거나 희귀한 옛 물품. |
| **잡동사니** | | 법률가가 아닌 일반 국민 가운데 뽑혀서 재판에 참여하고 사실 인정에 대하여 판단을 내리는 사람. |
| **마구간** | | 잡다한 것이 한데 뒤섞인 것. 또는 그런 물건. |
| **배심원** | | 물건을 파는 곳. |

2. 오른쪽 글을 읽고 《오래된 골동품 상점》의 이야기 흐름 순서대로 숫자를 적어 보아요.

|  |  |
|---|---|
| 1 | 넬의 할아버지는 오래된 골동품 상점을 운영했어요. 손녀 넬을 위해 퀼프에게 돈을 빌리지만 제때 갚지 못했지요. |
| | 풀려난 키트는 넬의 건강이 좋지 않다는 편지를 받고 넬에게 달려갔어요. 하지만 넬은 세상을 떠났고, 얼마 지나지 않아 할아버지도 넬의 뒤를 따랐지요. |
| | 퀼프는 넬과 할아버지를 골동품 상점에서 쫓아냈어요. 두 사람은 정처 없이 길을 떠나게 되었지요. |
| | 전국을 떠돌던 넬과 할아버지는 교사 마턴과 목사의 도움을 받아 시골 마을에 살게 되었어요. |
| | 계획이 발각된 퀼프는 경찰로부터 도망치다가 강에 빠졌고, 어둠 속으로 사라져 버렸어요. |
| | 한편 오래된 골동품 상점에서 해고된 키트는 갈런드 가족의 집에서 말을 돌보는 일을 하게 되었어요. |
| | 퀼프의 음모로 키트는 도둑으로 몰려서 잡혀 가지만, 샘슨의 하녀 덕분에 누명을 벗게 되었어요. |
| 8 | 키트는 넬, 할아버지, 오래된 골동품 상점을 잊지 않기 위해 자기 아이들에게 오래된 골동품 상점 이야기를 들려주었어요. |

★ 정답은 79쪽에 있습니다.

3. 말풍선을 이용한 만화를 그려 이야기를 다시 들려주세요!

4. 《오래된 골동품 상점》의 내용을 자세히 살펴보고 질문에 대답해 보아요.

01 넬의 할아버지는 어쩌다 오래된 골동품 상점을 잃게 되었나요?

02 오래된 골동품 상점에서 도망친 후 넬은 악몽을 꿉니다. 악몽에 등장하는 사람은 누구인가요?

03 넬과 할아버지에게 머물 곳을 마련해 준 두 사람은 누구인가요?

04 47쪽에서 바바라는 어떻게 묘사되나요?

05 샘슨은 왜 키트에게 모자를 벗으라고 했나요?

06 키트는 도둑질을 한 죄로 어떤 벌을 받았나요?

07 퀼프와 샘슨의 속임수를 폭로한 사람은 누구인가요?

08 경찰에 쫓기던 퀼프에게 무슨 일이 일어났나요?

09 키트는 넬과 오래된 골동품 상점을 기억하기 위해 아이들에게 무엇을 해 주었나요?

★ 정답은 80쪽에 있습니다.

5. 전국을 떠도는 넬이 되었다고 생각하고 일기를 써 보세요.

1. 책에 나오는 단어를 알아보아요. 단어와 뜻을 연결해 보세요.

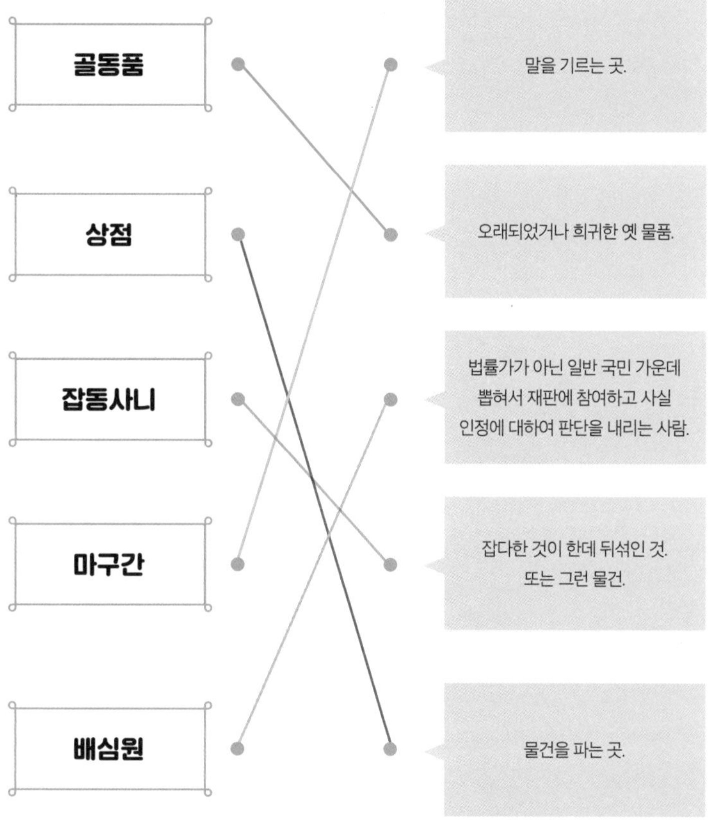


2. 오른쪽 글을 읽고 《오래된 골동품 상점》의 이야기 흐름 순서대로 숫자를 적어 보아요.

| 1 | 7 | 2 | 3 | 6 | 4 | 5 | 8 |
|---|---|---|---|---|---|---|---|

## 정답지

4. 《오래된 골동품 상점》의 내용을 자세히 살펴보고 질문에 대답해 보아요.

**01 넬의 할아버지는 어쩌다 오래된 골동품 상점을 잃게 되었나요?**

답: 도박으로 돈을 잃고 퀼프에게 돈을 빌렸으나 갚지 못해서.

**02 오래된 골동품 상점에서 도망친 후 넬은 악몽을 꿉니다. 악몽에 등장하는 사람은 누구인가요?**

답: 퀼프.

**03 넬과 할아버지에게 머물 곳을 마련해 준 두 사람은 누구인가요?**

답: 교사 마턴 씨와 목사.

**04 47쪽에서 바바라는 어떻게 묘사되나요?**

답: 깔끔하다, 착하다, 예쁘다.

**05 샘슨은 왜 키트에게 모자를 벗으라고 했나요?**

답: 그 안에 5파운드 지폐를 숨겨 두고 키트에게 누명을 씌우려고.

**06 키트는 도둑질을 한 죄로 어떤 벌을 받았나요?**

답: 영국에서 추방되어 호주로 보내지기로 했다.

**07 퀼프와 샘슨의 속임수를 폭로한 사람은 누구인가요?**

답: 샘슨의 집에서 일하는 하녀.

**08 경찰에 쫓기던 퀼프에게 무슨 일이 일어났나요?**

답: 도망을 치다 강에 빠져 영영 발견되지 못했다.

**09 키트는 넬과 오래된 골동품 상점을 기억하기 위해 아이들에게 무엇을 해 주었나요?**

답: 이야기를 들려주고 골동품 상점이 있었던 거리를 보여 주었다.